KB245271

뽀로로와 마법 나라

2018년 4월 15일 초판 1쇄 발행 | 2025년 10월 31일 초판 9쇄 발행

발행인 최종일 **발행처** (주)아이코닉스 **기획** 키즈아이콘
총괄책임 서현수 **편집책임** 박정은 **편집** 장보원 조윤수 김예진 이유진
디자인 김미선 이순영 권혜원 경희정 **제작책임** 신초희 **제작관리** 이수란 김미래 김세미
3D제작 스튜디오게일 **마케팅책임** 김미경 **마케팅** 이창열 서연지 심동수 이경재 이미나 지승한 송호성 이지연
주소 경기도 성남시 분당구 판교로 255번길 64 **고객 센터** 1566-0855
출판등록 2008년 11월 4일(제 2014-000009호) **홈페이지** www.iconix.co.kr
뽀롱뽀롱 뽀로로 ⓒICONIX/OCON/EBS/SKbroadband
ⓒ2018 ICONIX Co., Ltd. All rights reserved. Printed in Korea.

키즈아이콘

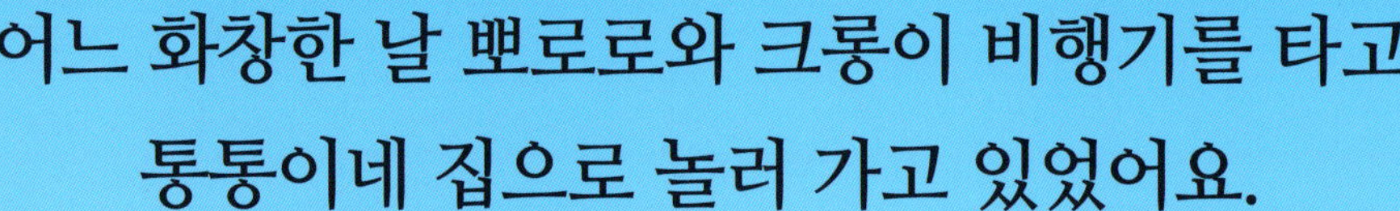

어느 화창한 날 뽀로로와 크롱이 비행기를 타고
통통이네 집으로 놀러 가고 있었어요.

그런데 이상한 구름이 뭉게뭉게 나타나더니
맑았던 하늘이 갑자기 어두워졌어요.

뽀로로와 크롱이 탄 비행기가 부르르 떨리더니
순식간에 먹구름 속으로 사라졌어요.

"얘들아, 괜찮니?"
얼마 후 뽀로로와 크롱은 낯선 목소리에 눈을 떴어요.
눈앞에는 인형처럼 작은 요정들이 있었어요.
"안녕! 우린 마법 나라의 요정이야."
뽀로로와 크롱은 깜짝 놀라 일어났어요.

“너희는 어디에서 왔어?”
“우리는 뽀롱뽀롱 마을에서 왔어. 우리가 집으로 돌아갈 수 있게 도와줘.”
뽀로로와 크롱은 요정들에게 부탁했어요.
“소원을 들어주는 마법사를 찾아가 봐. 너희 소원을 말하면 들어주실 거야.”

뽀로로와 크롱은
요정들이 알려준 길을 따라
마법사의 성을 향해 떠났어요.

얼마 후, 뽀로로와 크롱은 시냇물 앞에 도착했어요.
그곳에는 겁쟁이 곰돌이가 울고 있었어요.
"곰돌아, 왜 울고 있니?"
"시냇물을 건너야 하는데 빠질까 봐 너무 무서워!"

뽀로로와 크롱은 겁쟁이 곰돌이의 손을 잡고 시냇물을 건넜어요.
"고마워, 얘들아. 나도 너희처럼 용기가 있으면 좋겠어."
"그래? 마침 우린 소원을 들어주는 마법사를 찾아가는 중인데, 같이 가자!"
용기를 얻고 싶은 겁쟁이 곰돌이는 뽀로로와 크롱을 따라나섰어요.

갑자기 오솔길 옆의 오두막에서 "펑!"하고 큰 폭발 소리가 났어요.
그 소리에 놀란 뽀로로와 친구들은 걸음을 멈추었어요.
"또 실패하고 말았어. 휴……."
오두막에서 재투성이가 된 꼬마 여우가 한숨을 내쉬며 나왔어요.
"꼬마 여우야, 무슨 일이야?"

"난 발명가인데 머리가 나빠서 자꾸 실패만 해."
"그럼 우리랑 소원을 들어주는 마법사에게 가 볼래?"
똑똑해지고 싶었던 발명가 꼬마 여우는 뽀로로, 크롱
그리고 겁쟁이 곰돌이와 함께 마법사를 찾아가기로 했어요.

마법사의 성으로 가던 뽀로로와 친구들은
길을 잃고 헤매고 있는 로봇을 만났어요.
"로봇아, 여기서 뭐 하는 거야?"
"삐리삐리! 생각할 수 있게 해 달라고 소원을 들어주는
마법사를 찾아가다 길을 잃었어. 난 쇠로 만들어져서 생각을 못 하거든."

"우리도 마법사에게 가는 중이니, 우리와 함께 가자."
생각이 없는 로봇은 친구들과 함께
마법사를 찾아가게 되었어요.

드디어 뽀로로와 친구들은
절벽 위에 우뚝 솟아 있는 마법사의 성을 찾았어요.
하지만 성에 들어가려면 높은 절벽 사이의 다리를 건너야 했어요.

"난 겁나서 못 가겠어!"
겁쟁이 곰돌이가 무서워하며 울기 시작했어요.
"내가 갈게. 나는 생각할 수가 없어서 하나도 무섭지 않아."
생각이 없는 로봇은 다리를 향해 성큼성큼 걸어갔어요.

그런데 생각이 없는 로봇이 다리에 오르자
로봇의 무게 때문에 다리가 심하게 흔들렸어요.
하지만 로봇은 아무 생각 없이 계속 걸어갔어요.
결국 다리가 끊어지고 말았어요.

놀란 친구들은 생각이 없는 로봇을 구하러 뛰어갔어요.
그리고 다 함께 로봇이 매달린 다리를 잡아당겼어요.
하지만 겁쟁이 곰돌이는 뒤에서 계속 떨고만 있었어요.

“더 이상은 못 버티겠어!”
힘이 빠진 친구들은 조금씩 절벽으로 끌려가기 시작했어요.
“이러다 우리 모두 절벽 아래로 떨어지겠어!”

친구들이 위험에 빠진 것을 본 겁쟁이 곰돌이가 절벽으로 뛰어왔어요.
"내가 도와줄게!"
겁쟁이 곰돌이는 힘껏 다리를 끌어올렸어요.

겁쟁이 곰돌이의 도움으로 친구들과 로봇은 모두 절벽 위로 올라왔어요.
"곰돌아, 너의 용기 덕분에 우리 모두 살았어. 고마워!"
친구들은 겁쟁이 곰돌이의 용기를 칭찬했어요.

"고마워, 애들아."
생각이 없는 로봇은 자신을 구해 준 친구들에게 고마움을 느꼈어요.

"그런데 다리가 끊겨서 마법사의 성엔 어떻게 가지?"
뽀로로가 한숨을 내쉬자 발명가 꼬마 여우가 말했어요.
"다리를 다시 만들면 되지!"

"맞아! 꼬마 여우의 말대로 다리를 다시 만들자."
친구들은 숲에서 나무를 가져와 다리를 만들었어요.

꼬마 여우의 지혜 덕분에 친구들은
다리를 건너 마법사의 성으로 갈 수 있었어요.

성에 도착한 친구들이 드디어 마법사를 만났어요.
"마법사님! 소원을 빌러 왔어요."
"좋아, 하지만 나는 딱 한 가지 소원만 들어줄 수 있단다!"

"마법사님, 저는 여기까지 오면서
용기가 생겨서 괜찮아요."

"저도 이제 똑똑해진 것 같아요."
겁쟁이 곰돌이와 발명가 꼬마 여우가
양보하며 말했어요.

"저보다는 뽀로로와 크롱의 소원을 들어주세요."
생각이 없는 로봇이 마법사에게 말했어요.
"로봇아, 너는 이미 친구들을 생각할 수 있게 되었구나.
그럼, 뽀로로와 크롱의 소원은 무엇이냐?" 마법사가 물었어요.
"저희는 뽀롱뽀롱 마을로 돌아가고 싶어요."

그러자 마법사는 마법의 지팡이를 휘저으며 주문을 외웠어요.
"수리수리 통통통~ 구리구리 통통통~ 뽀롱뽀롱 마을로~ 얍!"

뽀로로가 정신을 차리고 보니 침대에 누워 있었어요.
"휴, 꿈이었구나."
그때 크롱도 옆 침대에서 일어났어요.
"크롱크롱?"

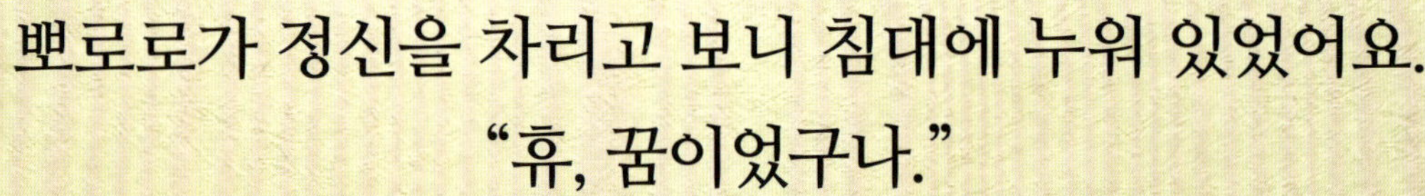

뽀로로와 크롱은 같은 꿈을 꾼 것일까요?
알쏭달쏭한 일이네요.